KB044358

문학과지성 시인선 286

시인, 시인들

김연신 시집

문학과지성사에서 펴낸 김연신의 시집

詩를 쓰기 위하여(1996)
詩人의 바깥에서(1999)

문학과지성 시인선 286
시인, 시인들

펴낸날 / 2004년 4월 16일

지은이 / 김연신
펴낸이 / 채호기
펴낸곳 / (주)문학과지성사
등록번호 / 제10-918호(1993. 12. 16)

서울 마포구 서교동 363-12호 무원빌딩(121-838)
편집 / 338)7224~5 FAX 323)4180
영업 / 338)7222~3 FAX 338)7221
홈페이지 / www.moonji.com

ISBN 89-320-1500-7

문학과지성 시인선 286

시인, 시인들

김연신

2004

시인의 말

눈으로 보고, 손으로 들어보았으니 알겠지만, 이 책은 작고 얇고 가볍다. 작아서 큰 책보다 불안하고, 얇아서 두꺼운 책보다 손해보는 것 같고, 가벼워서 별 내용이 없을 것 같다. 이러한 느낌을 주는 책이 세상에 시집 말고 무엇이 있으랴?

그러나 나는 이 책이 (내가 쓴 글들을 담고 있음에도 불구하고) 무섭다. 내 몸속에서 나온 것들끼리 여기저기 모여서 웅성거리고 있는 것이 무섭고, 그들의 치켜뜬 눈이 당신을 쳐다보기 시작하는 것이 무섭다.

2004년 4월

김연신

차례

제3부 시인, 시인들

제4부 강화도를 보며

어두운 공책

어둑한 곳에 가서 공책을 펴본다
종이에 쳐진 줄 위에 무엇들이 매달려 있다
한참 있노라니 철봉놀이하는 아이들이다
내가 보고 있는 것을 알아채더니 차례차례 짧은
노래를 부른다
숫제 음악 시간이다.

첫째 아이가 부르는 노래는 어려웠다.

"담장 뒤에 숨어 있는 너는 누구냐
걸어서 집에 가니 나는 여기에

담장 세워 못 보게 한 너는 누구냐
보이는 모든 것이 눈에 가득히

뒤돌아보지 마 뒤돌아보지 마라
작은 목수 뛰어나와 풍경 바꾼다"

둘째 아이가 부르는 노래는 우스웠다.

“바지를 벗어보아요 바지를 벗어보아요
아침에 일어나서 바지를 벗어보아요

물빛 치마 햇빛 사이를 나풀거릴 때에”

셋째 아이가 부르는 노래는 작게 들렸다. 힘이 없었다.

“도시락 반찬에 시계가 여럿
저녁밥 먹을 때는 벽시계 두 개
뱃속에서 똑닥똑닥, 내일 시계도 똑닥똑닥

파랑새 등을 타고 시계 속으로
톱니바퀴 사이에 활짝 핀 풀들
베개 밑에 숨겨놓은 태엽이 팽팽

밥알을 먹어보면 똑똑닥닥
반찬을 먹을 때는 똑닥닥 똑닥닥”

넷째 아이는 키가 컸다. 울면서 노래했다.

"너를 보면 나는
너를 보면 나는 언제나
나는 나는 너를 만나면
아, 너를 만나면"

다섯째 아이는 흉폭하였다.

"검은 돛을 단 배는 왜 아직 오지 않는가
언덕에 서서 오늘도 항구를 본다.
누가 있어 바다에 배가 없다고 말해줄 것인가

가자, 가서 우리가 그곳에서
빼앗긴 모든 것을 되돌려받자

불을 뚫고, 물을 건너서"

여섯째 아이는 지쳐 있었다.

"업고 가네 지고 가네
 업고 가네 지고 가네
 제멋에 겨워

 업고 가고 지고 가니
 참을 수 있어 기쁜 날들뿐
 기쁜 날들뿐"

일곱번째 아이가 노래를 시작했을 때
공책을 덮고 불을 켰다.
공책 뚜껑 밑에서 끈적끈적한 것이 흘러 내려왔다.
흰 책상보가 더러워졌다.

제1부
좋은 날도 아직 많이

흰 나무들이 줄지어 서서

흰 나무들이 줄지어 서서 흔들린다
바람이 불어온다고.

기다려보자고 나는 대답한다
좋은 날도 아직 많이 남아 있다고.

목련꽃 햇빛 받아

목련꽃 햇빛 받아 환하다
꽃그늘 땅 위에 점 점

환한 그늘 여기저기조차 눈부시다
희망의 뒷면에 보이는 그제 핀 꽃잎

잎이 피고 나면 그뿐
시인만 부질없다.

꽃병 속의 꽃들이

배와 등을 대고,
피할 길 없이 마주 서서,
흐린 창문 옆에 놓여,

어떤 햇빛이, 무슨 걸음으로
걸어 들어와
꽃잎의 뒷면에 숨어 있는지
서로서로 견주어보고

바람이 꽃잎의 끝을 불어 올리면
하늘거리며.
하늘거리지만,

양말 신지 않은 발로
그 바닥을 긁어보며
발톱이 빠지도록,
물을 더듬어보누나.

더러운 물 위로 솟아오른 형체

전날 비가 왔었는지 개천의 물이 빠르게 흘러가고 있었다. 나무토막과 깡통 같은 쓰레기들도 섞여서 떠내려가고 있었다. 아직도 잎이 달린 대나무 막대기 하나는 더러운 물 위로 온몸을 다 세우고 흘러 내려가고 있었다. 바다로 흘러 들어가는 강의 지류라기보다 조금 큰 하수구로 보였다. 하수구 너머로는 벌판이었다. 건너뛰기에는 폭이 좀 넓었다. 멀리 허연 바다가 보였다.

아직도 실비가 오고 있었다. 누렇고 검은 물 위로 쓰레기가 흘러가는 것을 또 보고 있었다. 갑자기 물속에서 구두 신은 발이 흔들리며 올라오더니 바지 끝동이 보이고 무릎까지 보였다. 빠르게 흘러가는 검누런 물속으로 옷 입고 잠수해 들어가는 사나이가 물 위에 남긴 다리를 보는 것 같았다. 종아리 아래였던 것들은 흔들리다가 빙빙 돌았다. 물속에서 물구나무선 사나이가 몸을 돌리고 있는 것처럼.

흔들거리던 구두가 위로 울컥 올라왔다. 검은 바지와 벨트가 보이더니, 낡은 가죽 잠바의 등이 보였다. 잠시 배구공만 한 둥근 물건이 보이고 철퍼덕 온몸의 형체가 물과 부딪쳤다. 뒤집어진 채 떠내려가기 시작했다. 물은 드디어 검은색으로 변했다.

멀리 보이는 벌판 위로 비가 아직도 오고 있어서 공기가 축축했다.
바다는 여전히 희뿌연했고 뛰어오르는 은빛 물고기 한 마리 없었다.
장마는 길어질 모양이었다.

생각해보아, 여기는

"잘 생각해보아, 여기는 바람의 빛깔이 다르지. 바람 속에 분홍빛 향기 같은 것이 섞여 지나가지 않니? 보아라, 여기가 천국이야. 확실한 증거를 보고도 모르겠니? 지상에서 떠나온 것이 아니고 지옥에서 옮겨온 것이야. 출근할 때마다 미운 마음으로 씌어진 글자들을 보았지. 또 하늘에 먼지가 너무 많아 숨도 잘 못 쉬었지. 그곳이 지옥이었기 때문에 그래. 봄은 왜 왔었느냐구? 벚꽃은 어떻게 피었으며, 개나리는 왜 온 산을 광채 나게 만들었느냐구? 여기 일을 조금 보여주려고 그가 만든 일이야. 조금이라도 보여주어야 사람들이 나중에 어디로 가는지 알아질 것 같아서. 편히 쉬어 여기에서. 이제는 아무 일도 없어. 아무 사건도 없고, 누구의 미움이 만든 어떤 놀랄 일도 여기엔 없어."

아파트 뒤켠에서 흘러가던 내 친구

절망의 모습은 피였다. 터진 가죽 사이로 많은 힘없던 날들이 흘러나왔다. 콩 무더기 쏟아진 것 같았다. 해방된 것은 희망의 주검들이었다. 그것들은 아스팔트 위를 흐르면서 자유를 만끽했다. 이제는 정해진 길을 따라 왕복하지 않아도 되었으므로.

"연신아, 나는 더 못 살겠더라. 살기도 싫고 살지도 못하겠더라. 한번 누르니 올라가는 것은 쉽더만. 올라가면서 조금 울었다. 눈물이 나오데. 옥상의 끝에서 보니 아파트 창문들이 모두 환한 것이 꼭 거짓말쟁이가 이빨을 드러내고 웃는 것 같더라. '이제야 다 끝났다. 나는 해방이다' 싶어지더라. 그 순간 뛰어내렸다. 쉽다. 수영장으로 다이빙하는 것만 해. 여러 가지 생각이 났지. 어릴 때 좋았던 생각이 제일 많이 났었다. 뒷산에서 올챙이 잡아 와서 세숫대야에 넣고 키우던 것이 제일 오래 생각났어. 나중에 개구리가 다 되어서도 밥알 먹는 재미에 그놈이 딴 데 안 가던 것도 생각났고."

그였던 물체가 놓인 자리 옆에, 살아 있는 풀들과 꽃나무들이 살기 위해서 별들을 열심히 바라보고 있었다.

가을꽃

가을꽃 피었다 진 자리를 바라본다
노란 그리움이 묻어서 꽃은 무겁고
헝클어진 절망은 자리 자리 이쁜 얼굴을 남겨두었으리

가을꽃 피었다 떨어진 자리
그 모양 보며 지어내던 한숨만 꽃대궁에 남고
멀리서 부질없는 글로 같이 우는 사람 그림자.

제2부
花鳥圖

입국이유서

당신의 편두통과 나의 속앓이가 뺨을 맞대고 서 있을 수 있다면 어느 벽에서인들 손이 뻗어 나와 우리를 안아 주지 않을는지요.

나의 눈물과 당신의 불면이 무릎을 맞대고 앉아 바라볼 수 있다면 어느 침대에서인들 부드럽고 축축한 바람이 생겨 나와 저기 저 산이 마침내 무너지지 않을 수 있을는지요.

산과 들에 달이 떠서 물을 비추이면 달 위에 집을 짓고 닭을 키우리라. 지붕 끝에 우뚝 서서, 무장한 채 다가오는 시간을 쫓게 하리다. 지붕 밑 기둥은 노란색으로 칠해놓고서.

저기 저 양지바른 묏등 옆에서, 그들이 벗어두었듯이 나도 그렇게 나를 벗고 이 산에서 저 산으로 뛰어다니기 위함이요, 당신의 나라에서 숨죽이며 살고 있는 자유와 희망의 叛軍을 이끌고 당신에게 가기 위해서라면……

아현동 686번지 부근

아현동 686번지 6층 빌딩에서 보면 어떤 집 옥상 위에 개 두 마리가 살고 있는 것이 보인다. 둘 다 중키에 갈색 얼룩무늬가 있다. 귀는 아래로 처져 있고, 까만 콧등들도 보인다. 오누이 같다. 주인은 한 번도 본 적 없고 둘은 하루 종일 옥상 위에서 산다, 아니다, 그냥 살지 않고 서로에게 장난감이 되어주면서 논다. 한 놈이 다른 놈의 귀를 깨물거나 얼굴을 앞발로 안아주면 또 한 놈이 까르르 웃는 소리가 들리는 것 같다. 일없이 뛰어 도망가면 그냥 잡으러 가기도 한다.

서로가 서로에게 시간이 지나가는 것을, 또, 아니다, 시간 속에서 즐거움을 가질 수 있도록 하여 주는 것이 그들이 사는 일의 전부이다.

창밖으로 그 집 옥상을 내려다보며 그 오누이 개가 절대로 헤어지지 말고 오래오래 같이 살다가 같은 날 별이 되기를 빌었다.

花鳥圖

— 그려넣기

흰 눈 위에 강아지 발자국 어지러운 마당을 내다보며 종이를 꺼내온다. 바람은 이제 잦아들었고 햇볕 따뜻하다.

여름꽃 잎사귀는 두텁다. 꽃잎은 포개어가면서 만들어야 한다. 붉은빛이 조금 덜 나게. 웃음소리를 많이 넣고, 울음은 두 방울만. 햇빛은 머리 뒤로. 나비보다 벌. 암술이 안 보이게 수술은 머리만 조금.

절망의 속에는 어떤 형체도 없으므로 말에서 빛이 생긴다.

하얀 새 한 마리는 그리기도 전에 먼저 종이 위에 날아와 앉아 있었다.

花鳥圖

— 우물가

여기 이 꽃.
내 이마 앞에 피어
있다가 뒷걸음으로 멀어져가는,
기다림,
눈부시고

저기 저 꽃.
발아래 피어서
꽃잎 떨어져,
깊은 우물,
무섭다.

하얀 새 한 마리

엎어놓은 바가지 옆에서
포르르
날아간다.

花鳥圖

— 작약꽃 핀 모양

누런 햇빛이 군데군데 떨어져 마당이 누르스름 변해 있는 위에 작약꽃 피어 있다. 붉은 꽃잎이 펼쳐지고 겹쳐진 위에 옆에 또 꽃잎이 피어서 무슨 덩어리로 굳어진 눈물을 보는 것 같다. (어떤 눈물은 분홍빛이 나더라만.)

저 혼자 종이 위에 피어난 꽃이 방바닥에 앉아 있는 내게 전화를 걸어온다. 들어오시라고, 당신이.

새 한 마리 삐둘삐둘 세상 밖으로 날아오른다

花鳥圖

— 젖은 종이

흰 벽, 누런 종이, 노란 새,
붉은 꽃.
한밤중에 우는 소리 들었다.
종이가 다 젖었다.

그렇다, 그렇게 고운 자태로 종이 위에 매달려 금방이라도 쏟아질 듯이 하루하루를 보내는 것이 어찌 너의 운명이겠느냐?

그것은 너의 것이 아니다. 누런 종이 위에서, 종이 새, 종이 나비와 노는 것 역시 어찌 너에게 예정된 것이었겠느냐? 그런들 어이하랴. 종이를 찢고 여기 나의 탁자 위로 뛰어나온들 가을이 오고 흰 눈이 날리면 그땐 또 어디로 갈 것이냐?

편히 쉬라. 울음을 그치고. 어떤 詩人이 있어 너의 말을 하게 할 터이니.

花鳥圖

—꽃 핀 화분

꽃이 보이고, 종이가 보였다. 새는 나중에 가까스로 보였다.
가늘게 울고 있느라, 어깨가 조금 흔들렸다.
모든 절망은 낯설다.

방 안에 화분을 들여놓지 않는 편이 좋았을지 모르겠다.
꽃 핀 화분 뒤편으로 자꾸 나갔다 들어온다,
흰 손에 손수건을 꼭 쥐고.

이 꽃이 봉오리였을 때가 보고 싶다.

花鳥圖

—빈 방에 걸려 있는 꽃의 그림

그대가 방에 들어서기도 전에 꽃은 활짝 피어 있었고 새는 가지 위에 앉아서 기다렸지.

방 안으로 들어가지 않았어야 했었네. 그대의 절망을 껴안아줄 것을 찾으러 다니지 말았어야 했었어.

하나의 절망이 또 하나의 지극한 절망 앞에서 사랑한다고 울부짖고 있어본들 문풍지 사이로 바람 들어오면서 종이가 펄럭이는 일 말고 무슨 일이 생기겠는가?

방 안 가득한 제 향기에 취해 있어야 비로소 정갈한 저 꽃, 꽃.

꽃 핀 그림 걸려 있던 회색 벽

벽지 위로 시간이 회색 모래를 뿌리며 지나간 듯 컴컴한 가운데 홀로
또렷하게 밝은 네모난 공간
있어 물어보니 꽃그림 걸려 있던 자리라고 하네.
주인은 무슨 꽃의 그림인 줄 알건만 나그네야 알 리가 없다.

그린 이야 무슨 꽃이 어떻게 피어 있던 줄 알겠지만 주인은 알 수 없었겠지.
방 밖으로 지나가는 바람 소리 무서운데 호롱불 아직 켜지 않은 방에 더욱 빛나기만 하는 저, 잔인한, 참혹한, 바래지 않은 벽지, 벽의 일부.

花鳥圖

— 그림의 끝

보랏빛 구름과 주홍빛 구름이 하늘 위에서 얼룩덜룩 싸우고 있다. 지나간 시간이 또 지나가고. 이 허공과 저 허공이 서로 마주치면서 금속성 소리를 만든다. 철조망 뚫고 침투하는 병사들같이 햇빛이 구름 사이를 빠져나오더니 땅으로 뛰어온다.

종아리 굵은 사내아이가 마당에서 족자 한 폭을 털어내고 있다.

흙덩이가 마구 떨어지고, 벌이 날아오른다. 벌의 몸에 묻어 있는 노란 꽃가루. 미처 씻지도 못한 듯.

하얀 새 흔들리는 가지 위에서 날개를 접고 꼼짝도 안 하고 있을 때에, 처음 새장 속에 들어간 듯 이리저리 파닥거리는 꽃나무 한 그루.

畵工과 더불어

계곡 물가에서 화공을 만났다. 자갈을 뒤집어서 돌고래를 잡아내는 모습을 보고 그가 화공인 줄 알았다. 분홍색 돌고래들이 펄쩍펄쩍 뛰어올랐다.

참외를 깎고 나니 자두가 되었다. 역시 가을 참외는 맛있구나 하면서 한입 베어 먹을 때 그가 좀 나누어 달라고 하였다. 나는 자두 귀퉁이를 조금 떼어주었다. 돌고래를 좋아하면 한 마리 주겠다고 했다. 요새는 돌고래 좋아하는 사람이 아무도 없거든요 하면서 슬쩍 웃었다. 그는 마구 화를 내었다. 그가 화를 내는 것을 보니 나도 함부로 화가 났다.

화를 내면서 산을 내려오니 쓸쓸했다. 서쪽 하늘 한 귀퉁이가 막 울음 그친 사람의 눈같이 빨갰다.

차가 막힌다고 함은

차가 막힌다고 함은, 도로에 차가 많아서, 아니다, 도로의 수용 능력보다 차의 대수가 많아서, 아니다, 도로의 표면적보다 차의 표면적이 많아서, 이제는 분명하다, 일정한 구간에서 차들의 표면적의 합이 도로의 표면적의 합에 가까이 도달하여, 더욱 분명해진다, 차들의 표면적의 합과 차가 원활하게 움직일 수 있는 필수 여유 공간의 합이 도로의 표면적의 합을 초과할 때를 말하는 것이다. 그러나,

사랑하는 이여, 내가 너를 사랑한다고 말할 때에 그것은 내가 너를 사랑한다는 말이다.

저녁 개울가에서

저녁 개울가에 앉아보면
물 흐르는 사이로 어느 순간
노란 바위 같은 것이 바닥에서 솟아올라
그 위로 밑으로 하얀색의 무엇이 빨리 지나가고 있었지요

달이 뜨는 어느 풍경인들 곱지 않으랴마는,

한 칸 건너 숲 속에서 울음을 삼키며
저녁 시간을 견디는 풀잎에게
물속에서 일어나는 이 청천벽력이 들릴는지요?

낮아져서 이제는 메울 길 없는 인연들 위로
흘러가고 있는 것은
눈물일까요 한숨일까요 혹은
물을 밟고 지나갈 희망일까요?

씨앗을 구하러 다니다

"봄이 오기 전에, 씨앗을 한 봉지만 나누어 주시겠어요?"

"작년 겨울에 갈아엎은 붉은 흙에서 무엇이 자랄까요?"

"푸른빛 나는 채소를 심어보려고 해요."

"강가에서?"

"개들이 모두 흙 속에서 떨쳐 일어나 멀리 갔어요."

겨울 산

겨울 산, 얼음 산, 구워서 만든 산,
은행나무, 단풍나무, 햇볕 만나서
땅속 깊이, 땅속으로 내려보내면,
얼음 산, 겨울 산, 차가운 바람.

그래도 너는 어디엔가 있을 것이매.

물 흐를 자리에

물 흐를 자리에 검은 비단 깔려 있는 듯
번득번득 멈춰 있는 여기 이 개울가

말들이 뛰어다닐 자리에 얼음덩이 놓여 있는 듯
가지도 않고 오지도 않는 마음이여, 마음들이여.

84) "김통정 장군이 백성을 시켜 토성을 쌓을 때는 몹시 흉년이었다고 한다. 그래서 역군들이 배가 고파 人糞을 먹었다. 자기가 쭈그려 앉아 똥을 싸고, 돌아앉아 그것을 먹으려고 보면 이미 옆에 있던 역군이 주워 먹어버려 제 똥도 제대로 먹지 못하였다고 한다(1975년 2. 19 애월면 광령리 고인호씨 부친 제공)" (현용준, 『제주도 전설』, 서문당, 1976, p. 114)

(윤용혁, 『고려 삼별초의 대몽항쟁』, 일지사,
2000년 12월 15일, p. 270)

함박꽃 피어서 화창한

함박꽃 피어서 화창한 초여름
눈부신 햇살 아래에서 이것은 사실인가?
너를 사랑하여, 몸에서 나온 것 모두 내가 가지고 싶
다는
이 마음은 사실인가?

(혹은 이렇게 말하면?)

먼 옛날 제주 이야기를 오늘에 되살려도 꼭
꽃 이야기 사랑 이야기 섞어서 버무려놓는 시인이
팔백 년 뒤에 태어났다는 이 흉측한 소문이 사실
인가?

눈 내리다 그친 아침

눈 내리다 그친 아침에 땅강아지 벌써
피어서 거기에 있는 것을 보았다.
(눈이 내리던 중에 피기 시작하였는지)

이 솜털 같은 희망 속에는
작년 가을에 떨어진 낙엽 한 장과 꽃잎 하나가 들어 있다.

땅속에서 그들은 서로 알고 있었다.
나뭇잎이었던 것들과 꽃이었던 것들이
주고 떠난 것을 천천히 이야기하곤 했다.

솜털마다 묻어 있는 울음의 끝.

먼 데 산으로 나간

먼 데 산으로 나간 소년은 돌아오지 않고,

아까 피었던 봄꽃 한 송이
혼자 떠올라 흔들린다.
달빛도 밝다.

허리를 곧추세우고 의자 위에 앉아
시간이 빠르게 거슬러 와서
다시 돌아가는 것을 본다.

돌아가는 것들은 조금씩 부스러기를 남긴다.

인천에 있는 슬픈 성냥 공장

인천에 성냥 공장 성냥 공장 아가씨
하루에 한 갑 두 갑 일주일에 열두 갑
팬티 속에 감추고서 정문을 나설 때
팬티 속에 불이 붙어 ○○털이 다 탔네
인천에 성냥 공장 아가씨는 백○○

인천에 설탕 공장 설탕 공장 아가씨
하루에 한 봉 두 봉 한 달이면 삼십 봉
치마 속에 감추어서 정문을 나서다
치마 속에 불이 붙어 꿀○○가 되었네.
(꿀꿀꿀꿀~)
인천에 설탕 공장 아가씨는 꿀○○

인천에 밀가루 공장 밀가루 공장 아가씨
하루에 한 포 두 포 한 달이면 삼십 포
치마 속에 감추어서 정문을 나서다
치마 속에 불이 붙어 빵○○가 되었네
(빵빵빵빵~)
인천에 밀가루 공장 아가씨는 빵○○

봄이 오면 바위 위에

봄이 오면 개나리꽃을 가지러 가자
개나리 피어 있는 곳마다 찾아가서
그늘 밑에서 놀다가 오자
오면서 등에 가득 꽃을 업고도 오자
노란 물이 등에 질펀 배어들도록.

하늘 종달이 어깨 위에 앉으라 하자.

봄이 오면 뒷동산에 올라가자
바위 위에 귀 대고 눕자
햇빛은 등을 간지르고
바위가 할매같이 안아줄 때에
순이가 숲에서 노래 부르는 소리 듣자

귀모양 할매 가슴에 자국 나면
얼른 돌아누워 하늘 보자

바위산, 보랏빛

바위산, 보랏빛.
해 질 녘 붉은 빛.
그림자 없다.
산새 한 마리 이제야 높이 날아 집 찾아간다.
일찍 뜬 별빛 받아 키 큰 꽃 환하다,
혼자 부르는 노래 목에서 나직하게 흘러나온다.

풍경 속에서 웅크리고 잔다.
높은 나무 한 그루 꿈같이 흔들린다.

회색 종이 바탕에

회색 종이 바탕에 회색 종이 오려 붙인 듯.
저 꽃의 모양, 숲 속에 서 있는

조금씩 몸 흔들 때,
이마에 와서 닿는 안개 같은 숨결.

어디가 아파야 네게 닿느냐고
묻고야 마는

풍경화

1) 봄

저기 멀리 피어 있는 산수유꽃
스스로 잔인하고 누런 땅 위에
물감 칠했던 붓이 거꾸로 꽂혀 있는 듯

보면 여기저기서
잔뜩 근육을 웅크리며
잘 배치된 붓통같이 색깔들이

다시
기다리고 있는
봄.

2) 가을

꽃이 저기 피어 있는 것은
내가 여기 있기 때문이다

건듯건듯 얼음 바람이 분다

射琴匣

第二十一代 毗處王(혹은 炤智王이라고 쓴다) 卽位 十年 戊辰에 (王이) 天泉亭에 거동하였을 때 까마귀와 쥐가 와서 울더니 쥐가 사람의 말을 하여 가로되 이 까마귀의 가는 곳을 찾아보라 하였다(혹은 이르기를 神德王이 興輪寺에 行香하려 할 새, 길에서 여러 쥐들이 꼬리를 물고 있는 것을 보고 괴상히 여겨 돌아와 占을 치니 이튿날 먼저 우는 새를 찾으라 하였다 한다. 그러나 이 말은 그릇된 것이다). 王이 騎士를 命하여 쫓아서 南으로 避村(지금 壤避寺村이니 南山東麓에 있다)에 이르러 두 도야지가 싸우는 것을 서서 보다가 忽然히 까마귀의 간 곳을 잊어버리고 길가에서 헤매고 있었다. 이때 한 老人이 못 가운데서 나와 글을 올리니 겉봉에 쓰여 있되 "이를 떼어 보면 두 사람이 죽을 것이고 떼어 보지 않으면 한 사람이 죽을 것이라"고 하였다. 騎士가 와서 王께 드리니 王이 말하되 "두 사람이 죽을진대 차라리 떼 보지 않고 한 사람만 죽는 것이 옳겠다"고 하였다. 日官이 아뢰되 "두 사람이란 것은 庶民이요, 한 사람이란 것은 王이니이다." 王이 그렇게 여겨 떼어 보니 그 글에 "琴匣을 쏘라" 하였다. 왕이 곧 宮에 들어가 琴匣을 쏘니 거기에 內殿에서 焚修[1)]하는 중이 宮主와 相奸하고 있었다. 두 사람은 (마침내) 伏誅되었다. 이로부터 國俗에 每年 正月 上亥, 上子, 上午日[2)]에는 百事를 삼가 감히 動作을 아니하고, 十五日을 烏忌日이라 하여 찰밥으로 제사 지내니 지금에도 행하고 있다. 俚言에 이것을 怛忉(달도)라 하니, 슬퍼하고 근심해서 百事를 禁忌하는 뜻

---

1) 焚香修道

2) 그 달의 첫 亥日(例하면 乙亥, 丁亥 등등), 첫 子日, 첫 午日

이다. 그 못을 命名하여 書出池라 하였다.
—이병도 역, 『삼국유사』, 동국문화사, 1956년, 정가 1,200원

(王이) 天泉亭에 거동하였을 때

여기는 어디이냐?
내가 어디를 떠나서 여기에 있느냐?
여기에 무엇이 있느냐?
가족은 어디에 있느냐?
나의 껍질은.
무엇이 그러나 여기에 없느냐?

여기는 어디이냐?
내가 무엇을 보다가 여기를 알게 되었느냐?
내게 말하고자 하는 저것은 무엇이냐?
누구이길래 털가죽을 뒤집어쓰고 내 앞에 나타나느냐?

주먹에 움켜쥐고 다녔던 별은 누가 가져갔느냐?

射琴匣

第二十一代 毗處王(혹은 炤智王이라고 쓴다) 卽位 十年 戊辰에 (王이) 天泉亭에 거동하였을 때 까마귀와 쥐가 와서 울더니 쥐가 사람의 말을 하여 가로되 이 까마귀의 가는 곳을 찾아보라 하였다(혹은 이르기를 神德王이 興輪寺에 行香하려 할 새, 길에서 여러 쥐들이 꼬리를 물고 있는 것을 보고 괴상히 여겨 돌아와 占을 치니 이튿날 먼저 우는 새를 찾으라 하였다 한다. 그러나 이 말은 그릇된 것이다). 王이 騎士를 命하여 쫓아서 南으로 避村(지금 壤避寺村이니 南山東麓에 있다)에 이르러 두 도야지가 싸우는 것을 서서 보다가 忽然히 까마귀의 간 곳을 잊어버리고 길가에서 헤매고 있었다. 이때 한 老人이 못 가운데서 나와 글을 올리니 겉봉에 쓰여 있되 "이를 떼어 보면 두 사람이 죽을 것이고 떼어 보지 않으면 한 사람이 죽을 것이라"고 하였다. 騎士가 와서 王께 드리니 王이 말하되 "두 사람이 죽을진대 차라리 떼 보지 않고 한 사람만 죽는 것이 옳겠다"고 하였다. 日官이 아뢰되 "두 사람이란 것은 庶民이요, 한 사람이란 것은 王이니이다." 王이 그렇게 여겨 떼어 보니 그 글에 "琴匣을 쏘라" 하였다. 왕이 곧 宮에 들어가 琴匣을 쏘니 거기에 內殿에서 焚修[1]하는 중이 宮主와 相奸하고 있었다. 두 사람은 (마침내) 伏誅되었다. 이로부터 國俗에 每年 正月 上亥, 上子, 上午日[2]에는 百事를 삼가 감히 動作을 아니하고, 十五日을 烏忌日이라 하여 찰밥으로 제사 지내니 지금에도 행하고 있다. 俚言에 이것을 怛忉(달도)라 하니, 슬퍼하고 근심해서 百事를 禁忌하는 뜻

1) 焚香修道

2) 그 달의 첫 亥日(例하면 乙亥, 丁亥 등등), 첫 子日, 첫 午日

이다. 그 못을 命名하여 書出池라 하였다.
—이병도 역, 『삼국유사』, 동국문화사, 1956년, 정가 1,200원

쥐가 사람의 말을 하여 가로되

외할머니도 말씀하셨다. 손톱을 깎아서 아무 데나 버리지 마라 하고.
깎아 버린 손톱이 귀신이 되어 따라온다고.
아, 내가 버린 손톱이 동산을 이루었다.
보아라 그 속에서 번득거리며 피어나는 푸르디푸른 꽃들을.

(너의 것이 저기 간다. 너의 것이 저기 간다. 너의 것이 저기 간다. 너의 것이 저기 간다. 저기 간다 너의 것이었던 것이)

그러나 저 푸른 꽃은 내가 피운 것이 아니다, 결코.
저 꽃은 나의 손톱을 먹으면서 자라난 것이 아니다, 결단코.
내가 울면서 손톱을 깎아 버리는 것을 어떤 새가 그 때 보았단 말이냐?

어느 가을밤, 달은

어느 가을밤, 달은 할 말이 많아져서 얼굴이 샛노래졌다. 달이 말을 많이 하니 캄캄한 하늘에 말들이 흩어져 갔다. 흩어져 나간 말들은 금세 얼어붙었다. 얼어붙은 것들은 별이 되었다. 밤하늘이 화려해졌다.

이른 봄날, 꽃은 마음속이 더워졌다. 마음이 더워진 꽃은 참았다가 후 하고 숨을 토해내었다. 꽃이 토해낸 날숨은 들판 가득히 흩어졌다. 흩어진 것들은 모두 풀씨가 되었다. 들판은 금방 푸르렀다.

작은 아이는 무엇이든지 먹고 싶었다. 먹을수록 더 먹고 싶은 것은 시간이었다. 아이의 뱃속에는 재깍거리는 소리가 가득했다. 시끄러웠다. 사이사이엔 잠을 잤다. 하얀 개가 뛰어다니는 꿈을 꾸었다.

(당신을 사랑하는 일이 이것과 같은가? 이해하기 힘들고 무서운가?)

戰線에서

유치환

연애시를 밀쳐내며

김연신

1

呻吟과 罵詈와 怨嗟와 또 怒號와—三十里 周邊의 靑草湖[1]를 끼고 이제 咆哮하는 銃砲火의 饗宴이 베풀린 여기는 彼我 對峙線의 한 신작롯가 밭두던 그늘.

이제는 봄도 저 멀리 모퉁이를 뛰어 돌아 지나가버리고 멀리 산 능선이 견고하게 초록 나무로 무장하여 시시각각 접근해 오는 여름을 기다리고 있는 중에,

이미 暮色은 하마 絶命할 緊迫을 內包한 채 虛僞스리도 아늑히 四面으로 내려, 꿰매듯 수수밭 수수잎 사이로 헤여가는 曳光彈이 긋는 꼬아리빛 彈道의 테-푸가 한량 없이 곱기만 한데 뱀처럼 배를 땅에 붙이고 엎드린 위로 은밀히 귀속대듯 숨어 오는 총알이 머리 위의 뽕나무 잎새를 튀긴다. 토실토실 모이처럼 눈앞의 콩잎에 떨어지기도 한다.

1) 강원도 속초 남방에 있음.

비 오고 바람 불어 꽃 떨어진다는 핑계로, 돌연히, 너의 말은 소곤거리며, 끈적거리며, 혹은 큰북 소리같이, 징 소리같이 나의 귀에 서로 밀치면서 들어오는데, 엎드려 귀를 막아도 그 말의 단맛이 손끝에 잡히기도 하고 머리카락에 들러붙어서 진득거리기도 한다.

2

나를 두고 지금 무수히 에워 노려 있을 보이잖는 執拗한 敵은 대체 내게서 무엇을 强要하는 것인가——나의 肢體인가.

내가 엎드려서 귀를 막고 있다는 것을 너는 아는가, 또한 너의 몸속에서 나온 달디단 것이 나의 온몸을 뒤덮고 있다는 것을 알고나 있는가.

3

나는 나의 敵에게 조금치도 憎惡라든가 忿怒 같은 感情은 느끼지 않는다.

차라리 淸澄으로 淸澄으로 波紋 끼치고 번져가

는 思惟! 1미리의 誤差의 過失로도 一瞬 나의 肉體를 날리고 말 現在의 精確 無比한 位置에서 나는 나를 照準한다.

내 몸에 스며들지 않는 설탕 가루 같은 말을 닦아내려 주섬주섬 종이를 찾으려 하나 글자 씌어지지 않은 종이가 없다는 데에 내가 절망할 즈음, 용수철같이 튕겨지면서 나를 붙잡는 생각의 도끼날.

4

실로 敵이 내게서 强要하는 것은 무엇인가. ── 生命?

그것은 기실 나와 나의 肉體(─우선 나의 육체라 부르기로 하자)가 合議 設定한 한갓 假說에 지나지 않는 것이니 나의 肉體라 부르기로 한 이 肉體인즉 실상 누구의 것인지를 나는 모른다. 그러나 이제 머리 위의 뽕잎을 튀기던 그의 것도 아니요 모이처럼 떨어지던 그의 것도 아니었던가부다.

실로 네가 표적으로 삼는 것이 나의 몸인가? 나의 몸속의 말인가? 다만 너의 몸속에 충전되어 있는 말이 터져 나갈 곳을 찾

지 못하고 있는 것인가? 불쌍한 無賴輩 같은 이여, 詩人이여.

5

그러므로 그 어느 때 絶對한 뉘가 突然 나타나 그의 權利를 主張하는 순간 나와의 設定은 消滅되고 그 假說——생명이란 것은 꽁지 잘린 잠자리처럼 뱅뱅이 치며 虛空으로 사라지고 말 것이며 그리고 그 자리 地上에 남는 것은——

아직도 너는 문밖에서 큰북, 작은북을 두드리며 나오라고 밖으로 나오라고 하는구나. 내가 나간들 너의 말이 이젠 다하여 스러지고 그 후에 네가 빛나는 모습으로 서 있겠느냐? 혹은 내가 이 방 안에 있다 한들 네가 거기 가로수 아래에서 빙빙 돌며 혼자서 열에 들떠 있는 것을 모르겠느냐?

6

그러므로 呻吟하는 敵이여. 우습게도 자네들이 내게 強要하는 것이 이 肢體인가.

——그때에는 나는 이미 定着[2)]되어 永遠의 寶庫

속에 거두어들이고서 거기에는 不在할 것이니.

저주받은 이여, 그러하니, 침묵하라, 사랑은 말로 표현되는 것이 아니고, 나는 방을 나가면 밥상 위의 밥이 식어갈 것을 두려워함이니.

---

2) 사진 용어. 원판이나 인화의 현상 도중, 적당한 진행을 보아 印像을 固定시키는 作業.

제3부
시인, 시인들

가지마다 글자들이 빨간 열매같이

오후에 방 밖으로 걸어 나갔다
좁은 길 양편으로 나무들이 서 있었다
강아지가 콩콩거리며 앞으로 뒤로 뛰어다녔다

나무들이 일렬로 서서 걸어왔다
가지를 ㄱ 字로 만들더니 손을 잡았다
손바닥에 ㄱ이라고 새겨지더니
사라졌다
사라진 글자는 피톨이 되어 돌아다녔다
나무들이 자꾸 걸어왔다
가지마다 빨간 열매같이 글자들이 달려 있었다

콩콩거리며 뛰어다니던 강아지가
멈추어 서더니 물끄러미 치어다보았다
강아지의 시선이 눈 속으로 들어왔다
눈을 거쳐 온 것은 목구멍을 통하여 내려갔다

(몸속으로 들어가버린 것은 버려지지 않는다
아무리 물구나무서기를 하여도 소용없다)

몸이 조각조각나면서
주인들에게로 가려고 하였다

매월당 선생께 대답하다

與詩人打話 四首 1
(시인과 이야기하며)

開門[1]握手[2]問來從[3]
(문 열고 손 잡으며 어디서 오는가 묻고,)

---

1) 모든 詩는 새벽에 옵니다, 우유 배달부같이
잠 덜 깬 문을 조금 흔듭니다
글자에 세상의 섬유소를 둘둘 말아 문간에 놓아둡니다
놓아두는 척하다가, 돌연, 얼굴을 때립니다

선생은 반갑게 문을 열고
후학은 문 뒤에 숨습니다
머리카락 허옇게 보여 보기에 민망합니다

2) 처음 손잡아보는 연인같이,
손바닥 끝으로, 왈칵, 절망이 전해집니다
절망이 타고 흐르는 길에 먼 시간들이 유리창처럼 깨어
집니다
깨어진 조각들이 그 자리에서 빛을 냅니다
詩人의 밀회를 감출 방법이 없습니다

3) 아, 그대, 살아 있으면 만나질 줄 내 알았지만
가는 비 굵은 눈 오던 날엔 어디 계셨던가

忙把重茵[4]掃翠松[5]
(돗자리를 황망스레 푸른 솔 아래 까네.)

雲散[6]月生天宇靜[7],

차마 어디서 날 보고 한숨 지었던가
세상이 실없어 웃고 다니던 날 어느 아궁이 앞에 쪼그리고 앉아
희망을 새겨넣고 있었나

4) 억센 두 손으로 나를 잡아 밝은 햇빛 속에서 털어냅니다
먼지 같기도 하고 부서진 글자 같기도 한 것들이
바람 속에 쓸려 갑니다

5) 솔 푸른 우리 언덕
좁은 땅 많은 사람
흰옷 붉은 피
봄 보리 가을 벼
여름 물 겨울 눈

끝없이 아가들이 태어나는 곳

(달이 뜨고 구름도 흩어져 온누리가 고요하기에)

清談仍到五更鍾
(새벽종[8] 울리는 그 시간까지 맑은 얘길 즐겼어라.)

---

6) 구름이 비를 가져오듯,
불안은 절망을 업고 옵니다
절망은 절망을 복제합니다

절망은 저희들끼리 뭉칩니다
단단하게 뭉쳐진 것은 다시
서로 모입니다

마침내 하늘에 구름이 없어졌습니다

7) 달밤, 오, 피 끓는

너의 눈 속으로 내가 걸어 들어가며
나의 손끝으로 너의 수액이 스며 들어오는 밤

(김시습 시, 허경진 옮김, 『매월당 김시습 시선』, 평민사,
1999년 2월 10일 초판 7쇄, 교보문고 비소설)

---

8) 새벽 종소리 달을 깨뜨려
샛노란 유황 가루 만든다.

절망을 흩뜨려서 허공 중으로 멀리멀리.

冬天

서정주

내 마음 속 우리님의 고운 눈섭을
즈문밤의 꿈으로 맑게 씻어서
하늘에다 옮기어 심어 놨더니
동지 섣달 나르는 매서운 새가
그걸 알고 시늉하며 비끼어 가네

(서정주, 『동천』, 민중서관,
1968년 11월 15일 발행, 값 300원)

즈문밤의 꿈

김연신

꽃봉오리와 부딪치고 나니 꽃나무와 맞닥뜨린 줄 알았다. 사월의 햇빛은 무겁고 둔하다. 저녁에 다시 와서 보기로 하였다. 다시 오기 위하여 꽃잎이 오므린 모양을 천천히 바라보았다. 자글자글 웃는 소리가 들렸다. 먼 데 있던 시간이 급하게 옷을 갈아입으면서 뛰어왔다. 늦은 봄. 우는 아이를 안고 얼러주었다.

거울

거울속에는소리가없소
저렇게까지조용한세상은참없을것이오

거울속에도 내게 귀가있소
내말을못알아듣는딱한귀가두개나있소

거울속의나는왼손잡이오
내握手를받을줄모르는—握手를모르는왼손잡이오

거울때문에나는거울속의나를만져보지를못하는구료마는
거울아니었던들내가어찌거울속의나를만나보기만이라도했겠소

나는至今거울을안가졌소마는거울속에는늘거울속의내가있소
잘은모르지만외로된事業에골몰할께요

病暇

李箱

몸이 아파 사무실에서 놓여난 날
맨 먼저 만난 것은 소리였다
우유가 왔고 세탁이 왔다 청송에서
수박이 오더니 수박밭의 더운 바람도 왔다

수박밭의 바람은 두꺼웠다
초록색 바탕 위에 까만 줄이 죽죽
그어진 껍질은 고집스러웠다
할아버지가 이놈 이놈 하며 나무랐다

수박 까만 줄 틈 사이로 전화도 걸지 않고 찾아갔다
병가 낸 사람은 좀 그래도 된다
몸이 아파서 회사에 갈 수 없으므로

붉은 세상 속에 푸른 집들이 있었다
초등학교 班窓會 날 같았다

(사무실 생각을 안 했다니깐요. 정말 안 했어요.)

거울속의나는참나와는反對요마는
또꽤닮았소
나는거울속의나를근심하고診察할
수없으니퍽섭섭하오

(이승훈 엮음, 『李箱문학전집1』,
문학사상사, 1989년 3월 27일)

봄 물 여름 구름

(봄 물)

녹으면서 흐르다가
흐르면서 맑아지는
맑아지며 더워지다
미치면서 터뜨리는

봄.

뜨거워 내뿜는

(여름 구름)

네가 어찌하여 내가 아니란 말이냐?
소나기에 옷 적셔가며 그 산을 올라간들.

울면서 웃는 남자를 어찌 모르느냐,
비 오면서 천둥 치는 날도 있지 않느냐

살아서 뒹구는 것에 티끌이 묻어난들
삼베옷 다려 입고 누워서 쳐다보기보다 나으리

(가을 달)

어깨 위에서 손을 내려주게, 그대 고맙지만
맑은 바람 속에 아무것도 묻어오지 않는 것이 이제 보이는가,
마른 나무와 물기 없는 나무를 비벼대는 첼로 소리 같은 것을.

소나무 잎 끝에 고였다가 떨어지는 기억들 몇 송이

(겨울 소나무)

봄이 오면, 우 우, 봄이 오면
산에 들에, 아 아, 산에 들에

높은 나무 흰 꽃들은 燈을 세우고 12

이성복

큰, 아주 큰 마로니에 잎새들은 수천 송이 흰 꽃들을 세우고, 그 큰 나무는 소담스런 성채 같고 성당 같고 거기서 때로 검은 새들이 불쑥불쑥 튀어나오기도 하는데 그때마다 저마다 무슨 문을 밀고 나오는 것만 같다 문을 열고 나와도 넉넉하고 문을 밀고 들어가도 넉넉한 키 큰 마로니에나무여, 나 언젠가 너의 잎새를 열고 들어가 낌새도, 자취도 없이 수천 송이 너의 흰 꽃 속에 섞일 수 있을까

(이 아름다운 시를 나는 이렇게 읽고 싶다)

너의 입술 속으로 나의 어린 시절이 날아 들어가는 것을 본다. 달디달다. 너의 귓속으로 나의 음절들이 쏠려 사라진다. 작은 귓불을 지나. 너의 반짝이는 눈은 내게 남은 모든 것을 거두어들인다. 그때마다 슬픈 울음이 무슨 껍질같이 발밑에 쌓인다. 이제는 나의 울음이 너의 발등을 다 덮었다. 나는 황급히 엎드려 토사물을 핥아낸다. 너의 흰 발에게 아무 일도 없도록.

너의 속에서 띄엄띄엄 나였던 것들을 만난다. 수천 송이 흰 꽃 속에서 놀고 있는 나였던 것들은 서로 인사할 틈도 없이 즐겁다. 여기저기서 킬킬거리고 까르륵거리는 웃음소리가 들린다.

春香 遺文

—春香의 말 參

서정주

안녕히 계세요
도련님

지난 오월 단오ㅅ날, 처음 만나든날
우리 둘이서 그늘밑에 서있든
그 무성하고 푸르든 나무같이
늘 안녕히 안녕히 계세요

저승이 어딘지는 똑똑히 모르지만
춘향의 사랑보단 오히려 더 먼
딴 나라는 아마 아닐것입니다

천길 땅밑을 검은 물로 흐르거나
도솔천의 하늘을 구름으로 날드래도
그건 결국 도련님 곁 아니예요?

더구나 그 구름이 쏘내기되야 퍼부을때
춘향은 틀림없이 거기 있을거에요!

(도솔천 : 불교의 욕계6천의 제4천)

(이 슬프고 안타까운 시를 나는 이렇게 읽는다.)

사랑하는 이여 나 이제 여기에 있네. 당신의 등 뒤에, 바람에 섞여, 눈송이 위에 올라타, 당신의 향기 속에 스미어서 꿈꾸고 있네. 봄에 필 꽃 속에 숨어서, 국그릇 가에 앉아서, 나 여기에서 당신의 하얀 이빨을 보고 있네. 숟가락의 끝에 동그마니 서서. 가방 끝을 잡고 매달려서 대롱거리며, 전철표 위에 길게 누워서, 그 서늘한 눈빛 위에서 행복해하며. 모니터의 테두리에서 네모지게 기대어. 종이컵 가에 묻은 루즈를 핥으며, 사랑하는 당신의 가늘고 작은 손가락이 움켜쥘 마우스를 온몸으로 안으며 지금 여기에 와 있네.

장미 IV

박두진

어쩌리. 나의 앞에 너무 너는 뜨거워. 나 혼자 이렇게 쯤 마음 달뜨는. 무너지렴, 무너지렴, 스스로를 꾀여내어. 입술을, 네 이마를, 네 익은 뺨을 더듬어, 목아지를, 귓부리를, 눈두덩을 더듬어. 장미야. 너무 뜨건 진홍 장미야. 대낮 아님 달밤에, 대낮 아님 달밤에, 대낮 아님 달밤에 만억 번 다시 사는 훼닉스처럼. 꿀집 깊이 파들어 가는 투구벌레처럼. 모르겠다. 나는 너를 짓이기겠다. 속속들이 안의 너를 짓이기겠다. 장미야. 너 꽃장미야. 짓이기겠다.

(나는 박두진 선생의 방식으로 장미를 사랑하는 사람이 아니므로 이 시를 이렇게 읽는다.)

1

장미, 얼음 가시 위에 얹혀 있는 불. 불의 속에서 보이는 불의 켜. 보석같이 빛나는 얼음. 불로 감싸인 불. 내 속의 절망을 되비쳐주는 얼음. 불을 만드는 불. 저리도록 시린 유혹. 불의 껍질 속에 또 불. 머리칼이 올올이 노랗게 타오른다. 상처로 긁혀 피 흐르는 가슴.

2

내다보면, 바깥은 새들과 투구벌레로 가득해요. 윙윙거리며 날아다니다 나의 유리창에 와 부딪쳐요. 새들은 입에 가득 욕망을 머금고 있어요. 먹이를 토해내는 어미새같이. 투구벌레의 꽁무니에서는 절망이 비어져나와요. 바람은 불지 않고 비도 오지 않는군요. 유리창이 깨어지면 귀찮아요. 깨어진 유리조각들을 치워야 해요.

3

나의 사랑은 비활동성 세균이다. 나의 기침이 너를 감기 걸리게 하지 않고 나의 호흡이 너의 목을 아프게 하지 않는다. 사랑하는 이여 그러면 안녕, 내가 너의 병을 앓고 있더라도.

女人

趙芝薰

그대의 함함이 빗은 머릿결에는
새빨간 동백꽃이 핀다.
(머리카락 사이로 머리카락 사이로
비어져 나오는 너의 동백 붉은 꽃 꽃.)
그대의 파르란 옷자락에는
상깃한 풀내음새가 난다.
(팔락이는 옷소매,
가슴 뛰는 네 향기.)
바람이 부는 것은 그대의 머리칼과
옷고름을 가벼이 날리기 위함이라
(바람 속에 나는 듣네
붉디붉은 그대 향기.)
그대가 고요히 걸어가는 곳엔
바람도 아리따웁다.
(애띤 바람 적은 바람
그대 저만큼.)

(趙芝薰, 『餘韻』, 일조각, 1964년, 값 180원)

봄날은 간다

손로원 작사
박시춘 작곡
백설희 노래
김연신 각주

연분홍 치마[1)]가 봄바람[2)]에 휘날리더라
오늘도 옷고름[3)] 씹어가며
산제비 넘나드는 성황당[4)] 길에
꽃이 피면 같이 웃고

---

1) 사랑한 당신,
돌고 도는 별을 보며
울던 것은 행복이었고,
가슴속 깊이깊이
다진 말은 정절이었죠

2) 사랑한 당신, 지금 그곳에 당신이 계시면서 어느 곳에
서든지 언제든지 또 당신이
계시기도 하고, 당신이 지금 그곳에 계시므로 여기에는
이제 확실히 아니 계시겠지만 눈앞에 많은 당신이 나타
나는 것은

3) 등의 풀이 축축해져 오는 것도 모르고
먹을 갈아 뿌린 듯 빈틈없이 두려운
하늘을 보고 있던 그때

꽃[5]이 지면 같이 울던
알뜰한 그 맹세[6]에 봄날은 간다

새파란 풀잎[7]이 물에 떠서 흘러가더라

별들은 쏴쏴 소리 지르며

4) 지금 여기는 밝지도 어둡지도 않습니다. 나무새 한 마리 부리를 가슴에 묻고 자는 듯이 보입니다. 커다란 톱니들이 그때 그 강물이 굽어가듯 천천히 돌아갑니다.

5) 바람이 지나가면서 몇 장의 종이를 남겨두고 갑니다. 종이 속에서 당신의 얼굴이 천천히 나타났습니다. 펄럭이는 종이가 글자를 비듬같이 우수수 떨어뜨리니 그 고운 모양이 사라집니다.

6) 가위 바위 보 가위 바위 보
가위 바위 보 보 바위 검누런 바위

7) 풀 위에 맺힌 저 붉은 내 마음
풀 밑에 매달린 보랏빛 흔들리는 알전구 같은

오늘도 꽃편지[8] 내던지며
靑노새[9] 짤랑대는 역마차 길에
별이 뜨면 서로 웃고
별이 지면[10] 서로 울던
실없는 그 기약에 봄날은 간다[11]

---

8) 사랑하였던
당신,

9) 푸른 구리
지붕 위에서 되쏘이던 당신
빠르게 날아와
여기저기 꽂히던

10) 하늘의 별들이 그때 무너져 내렸다면
우리가 같은 별을 안았겠고
어둠이 조각조각 떨어져 왔다면
우리가 같은 살색을 가졌겠지요

11) 혹시, 지금, 여기서, 불현듯, 그때같이

옛 시인의 노래

이경미 작사
이현섭 작곡
한경애 노래
김연신 각주

루 마른나무 가지[1)]에서 떨어지는
작은 잎새 하나[2)] 그대가 나무라 해도

---

1) 구름 속에서 구름과 같이
노래 부르며 루루 루리

안개 속에서 안개와 같이
노래 부르며 라라 리라

물속에서 물과 같이
읖, 아푸…… 읏, 뽀글……

2) 비로소 소스라치며 깨어나 사방을 둘러볼 때에:

"아이야, 일어나라. 내릴 때가 다 되었잖니."

그래, 이제는 그만 놀고 깨어 일어나라. 내릴 때가 가까워 온다.
어깨를 흔드는 손이 문틈에 끼이기 전에

내가 내가 잎새라 해도
우리들의 사이엔 아무것도
남은 게[3] 없어요 그대가 나무라 해도
내가 내가 잎새라 해도[4]

"일어나라, 애야, 일어나라."

그래, 이제는

3) 흐트러진
구두 두 켤레

4) 그리하며
갈까요? 이젠. 묵은 세기를 건넜으니 새로운 시간의 늪으로. 어제의 시간이 발효하여 부글거리는 모험적인 時間으로. 쾌락의 연못에서 벌거벗고 빠져 죽은 초록빛 사람을 찾아서(그가 살았다는 것이 사실이기만 하면). 혹은, 머물러 계시겠어요? 홍차 잎을 팔아 아편을 사면서 모니터의 표면에 몸을 납작 붙이고서……

여하튼, 안녕.

좋은 날엔 시인의 눈빛[5] 되어
시인의 가슴[6]이 되어
아름다운 사연들을 태우고
또 태우고 태웠었네[7]
루루루루 귓전에 맴도는
낮은 휘파람 소리

—새로운 시간들이여, 숨죽여라, 그가 올 때까지.

5) 눈알을 파먹을 듯이 와서 꽂히는
너의 그림자.
내 손이 가 닿았던 것이 네가 보따리에 싸둔 꿈이었다니.
事物이여, 事物이여 용서하라

6) 말들이 빠져나갔다. 목이 끝없이 말랐다. 계곡물을 모두, 이미, 마셨다.
산이 말라서 푸석거렸다. 詩人을 산에서 추방하라.

7) 옳다, 이제는, 드디어, 알코올램프로 말들을 가열하면,
嬌聲와 鼻音이 증발하고
유리관 속에 남아 있는 것.

시인은[8] 시인은 노래 부른다[9]
그 옛날의 사랑 얘기를
(* 반복)

〔가사집, 음악도서 삼호출판사, 569쪽〕

---

8) 아니야, 저기 가서 넌 너의 노래를 지어 불러.
내 노래는 나의 노래이니, 따라 부르지 마,
화음을 기대하지 마.

9) 옆집의 장선생은 촬영기사
벌이가 좋다고 모두들 부러워하지.

꿈속의 푸른 말

자려고 누워보았더니, 잠은 오지 않고 베개 옆으로 가는 눈물만 주르르 떨어진다. 검은 천장 속에서 회색빛 말 그림자 같은 것이 튀어나와 방 안을 돌아다닌다.

"시간이신지?"

하고 물어보았다. 대답 없이 자기들끼리 낄낄거리며 돌아다닌다. 벽이 어른어른하고 모기향 빨간 불 끝이 깜빡거린다. 시간이라도 뭐, 괜찮은 것 아니겠느냐는 말을 준비하다가 아무 소용 없음을 안다. 詩는 혹시 아닌지도 물어보고 싶다. 시간을 세로로 잘게 찢어서 양념 재듯 집어넣었던 나의 詩.

달빛은 창을 두드리고 창문이 덜컹거린다. 자려고 눈을 감아본다. 뜬금없이 닭 한 마리 한밤중에 깨어 운다.

숲길을 걸어가면

숲길을 걸어가면, 나무들이 몸을 흔들며, 나뭇잎을 떨어뜨리고, 떨어지는 나뭇잎들은 저마다 하나의 철자가 되면서, 무슨 모르스 부호같이, 뚜뚜 쓰쓰 뚜 쓰쓰, 혹은 비트같이 영 일 영 영 일 영 일 일. 몸속에서 이걸 다 받아서 저장해놓느라고, 간이나 위 뒤 같은 곳이 윙윙거리며 돌아가고, 눈이 깜빡깜빡거리지. 이렇게들 하고 나니 밤에 잠이 안 와서 엎치락뒤치락하면, 낮에 삼켰던 니은자가 귓구멍으로 나오기도 하고, 꺁 이런 글자가 발톱 밑에 씌어 있기도 하고. (사실 한밤중에 이런 조각들을 지우고 닦아내느라고 물소리 내면서 씻고 긁어내었던 적이 한두 번이 아니야.)

제4부
강화도를 보며

옥 같은 숯이 쌓이고 또 쌓여 치어보기 힘들고
구슬 같은 쌀이 가마니 가마니 포개져 들기도 힘드네
종놈 아이놈 기뻐 웃는 소리가 배에 먼저 가득하고
마누라와 아이놈 둘러서 보는 얼굴 벌써부터 뜨뜻해
놀라서 넘어지기를 미친 사람 같았다가
그 은혜 가만히 생각하니 눈물이 분수같이 뿜어져 나오네.[1)]

(이규보 시, 김연신 번역, 고려 고종 27년(서기 1240년), 여몽전쟁의 피난 수도 강화도에서 — 윤용혁, 『고려대몽항쟁사연구』, 일지사, 200쪽)

저는 본시 궁박한 사람입니다. 명색은 재관(宰官)이지만 빈한하기 이를 데 없는 지아비로, 녹봉을 받은 적이 뜸하여 끼니조차 거른 지 오래였다가 뜻밖에 영공(令公)께서 백미 열 가마를 보내주시니 온 집안이 기뻐 손뼉을 치면서 함께 만년의 수(壽)를 빌었습니다.

(이규보, '다시 진양공이 흰 쌀을 보내준 데 감사하며', 『동국이상국후집』 — 윤용혁, 『고려대몽항쟁사연구』, 일지사, 200쪽)

고 한 것도 당시 정부의 극심한 재정난과 대조적인 모습

1) 炭玉苫苫堆可仰, 米珠石石重難掀, 僮奴喜笑聲先飽, 妻子環觀面已溫, 始也過顚心似失, 翻然靜念淚如噴

을 보여주는 것이며 이듬해 최씨 정권 몰락 이후 최씨 재산의 부분적인 분배 사례가 그 부요한 재력을 단편적이나마 짐작케 하고 있다. 최의 주살 다음 달 그의 창고 안의 곡식 분배 내용을 보면, 태자부 2,000가마, 제왕, 재추 각 60가마, 재추치사 및 현관 3품 이상 각 30가마, 3품치사 및 문무 4품 각 20가마, 5, 6품 각 10가마, 9품 이상 7가마 등이고 여기에 양반 과부, 성중 거민 및 군사, 승도, 제역인에 이르기까지 분배하였다는 것이 그것이다(『고려사 절요』 17, 고종 45년(서기 1258년) 4월). 고종 46년에 "최항의 별고미 15,000석으로 4품 이하의 녹봉을 보충하였다"고 하거니와

(윤용혁, 『고려대몽항쟁사연구』, 일지사, 222~223쪽)

강화도를 보며

찬바람 부는 십이월, 서쪽 바다 끝에 와서 물 건너 강화도를 보며 옛 시인에게 편지를 써 보낸다.

바람 속에 떠다니는 붉은 풍악, 피의 냄새.

시간이 흘러 흘러 가다가 여기 이 물과 저 섬 사이에서 휘돌고 있으니, 아직도 우리의 할아버지 부곡(部曲) 천민들은 표한(慓悍)한 몽고 병사 말발굽 소리에 주무시다 뒤척이리. 칼 맞은 말이 몸을 뒤척이듯. 노략질하는 더러운 송곳니 아직 번득이고 있으리.

여덟 살 어린 기생의 춤과 미태(媚態)를 보는 은혜를 입고 밤늦게 귀가하던 피난지의 겨울. 굶주린 위에 칼 밑에서 죽어가던 남도 백성들의 신음 소리가 들리지 않으면서 어찌 먹 갈고 붓 잡을 수 있었는지?

여러 백 년 뒤에 봄마다 개나리 피어나듯 이 땅에 시인들이 돌아와 필 것을 모르셨는지?

(여기까지 쓰고는 일단 멈추었다. 가만히 시간을 더듬어가며, 그가 나의 말문을 막고 자기의 이야기를 하여 주기를 기다렸다. 그렇게 날을 보내고 있던 중 편지가 왔다.)

앞에도 칼이고, 뒤에도 칼이다.
물 바깥도 칼이고, 물속에도 칼이다.

누구라서 뜨거운 피를 적셔 붓을 갈아
붉은 말 종이 위에서 뛰어가듯
써 내려가지 못할까마는

먼 달 가까운 별
보이는 만큼이 별자리 아니었겠는가?

㊟ 故 안 희 대 민 주 인 사 장 ㊡

고인 안희대는 1952년 경북 예천에서 태어나 용산중고등

지금 김연신은 1952년 부산에서 태어나 경남중 경기고등

학교와 고려대를 졸업하였으며, 1975년 긴급조치, 1980년

학교와 고려대를 졸업하였으며, 1975년 학생 데모 제적, 1980년

계엄령 포고령 위반으로 구속된 바 있으며, 민청련, 민통련 등에서

복학 후, 이름 대면 알 만한 회사에서 회사원 생활을 해오고 있으며

민주화 운동을 하였고, 민중당, 민주당 등에서 정치 개혁을

… …. …. …. …. …. …. *("여보, 보너스 언제 나온대?")…….*

위해 헌신해오다가 1998년 10월 9일 오전 7시 50
분경
…… 1998년 10월 9일 오전 7시 50
분경

불의의 사고로 작고하심.
출근하느라 운전하였음.

발 인: 1998년 10월 11일(日)오전 7시

영결 식장: 영등포병원 영안실 빈소(672-1605)

장 지: 경북 예천군 용궁면 월오리 선영 계하

장례위원장: 이창복, 이재정, 이부영

장례 위원: 강치원, 고광진, 고석기, ……………………
……………………………………………

(많기도 하다.)

....

.................................홍의락, 황금수

황백현, 황선진

민 주 인 사 故 안 희 대 장 례 위 원 회

(고려대학교 민주동우회, 한국학 연구회, 전민련 동

지회 외)

(잘 가라, 이승에서 한 번도 못 만난 친구여,

그 나라의 술집 탁자 하나 예약해두기를.)

(동아일보 1998년 10월 11일 일요일 제24008호 국제-9)

아리조나 카우보이

김부해 작사
전오승 작곡
명국환 노래
김연신 개사

카우보이
아리조나 카우보이[1)]

(꽃 핀 나무가 느릿느릿 걸어왔다
허리는 길고 머리칼은 윤기 흘렀다

광야[2)]*를 달려가는*
아리조나 카우보이

걸어온 나무 바깥에는 아무것도 없었으므로
지상에서 가장 높은 나무였다,
꽃 핀 나무는 하늘에 닿는다, 종종

말채찍을 말아들고
역마차는 달려간다

---

1) 카: 카키색 날선 군복　　우: 우리나라 건너와서
보: 보이는 것 모두 다　　이: 이름 지어 주었네
2) 콜럼버스가 발견한 신대륙은 스스로 확장할 줄을 알았다

그는 걸어서 몸 안으로 들어오고
자연히 나비 같은 것도 들어왔다
나방이도 몇 마리 들어왔으리

저 멀리 인디안의
북소리 들려오면

멀리서 보면 벌판에는 걸어다니는 나무와
가만히 서 있는 나무밖에 없었다
벌판 위에 꽃잎들이 어지러웠다)

(松花가루 날리는
외딴 봉우리

윤사월 해 길다
꾀꼬리 울면

고개 너머 주막집에
아가씨가 그리워

산지기 외딴 집
눈 먼 처녀사

문설주에 귀대이고
엿듣고 있다

— 박목월, 「閏四月」)

달려라 역마차야

(태정태세문단세예성연중인명선광인효현숙경영정순
헌철고순이장박최전노김김노)

아리조나 카우보이

(암참 회장은 20일 한국 정부가 수입자동차에 대한 관세율을 현행 8%에서 미국과 같은 수준인 2.5%로 낮춘다면 대미 통상 마찰 소지가 크게 줄어들 것이라고, 중략, 한국 정부가 최근 소프트웨어 불법 복제 단속을 강화하는 등 지적재산권을 보호하기 위해 노력한 점을 긍정적으로 평가한다고, 후략)

집 밖에서 사는 사람

—어색한 연애편지

내가 사랑하는 그대여, 뜻없이 아름다운 욕심이여. 사는 것이 파도치는 것 같기도 하고 누런 강물이 센 바람과 교접하듯 꿈틀거려서 울렁거리기도 하여(그때도 내가 감히 사랑하는 그대여), 어느 아침 씻어 엎어둔 컵라면 그릇에 찬밥 얻어 수돗물 말아 길 위에서 먹고 있을 때, 구두 신고 향수 뿌린 후 프랑스 배낭 메고 가다 만나지면, 기다렸다가 자판기 커피 한 잔 뽑아줄 수 있을지?

부서진 칼날 같은 햇빛이

부서진 칼날같이 하얀 햇빛이 쏟아지는 초겨울 아침 논현역 앞. 빌딩 바깥에서 무장한 바람들이 우우 소리 지르며 달리고 있다. 활짝 펴진 신문지 한 장과 지난가을의 낙엽 몇 장이 항복한 병사들같이 제자리에서 돌고 있다. 이긴 군인들이 몹시 굴 때마다. 어젯밤은 추웠다고 신문지가 낙엽에게 말한다. 어젯밤은 추웠다고 낙엽이 대답한다. 추워하는 것들 위로 햇빛이 또 비친다. 덜덜 떨면서 제 몸 위에 꽂힌 무자비한 것을 뽑아내어 공손하게 돌려준다.

동짓날 밤 그믐달

이천삼년 겨울, 그믐달 떠 있는 동짓날 밤

뒷마당 감나무 한 그루가 들이삼킨 어두움도 이젠 꽉 찼다.
흐릿한 땅에 밑동 근처가 첩첩이 까맣다.

말 탄 胡兵들같이 북풍이 들이닥친다.
빠르게 지나가는 외국어.

덜렁거리는 가마니 두 장 밖으로 배어나자마자 얼어붙는 봄꽃.
켜켜이 쌓여서 허연 봄꽃 생각.

까마귀 한 마리 잊었다는 듯이 지나가며
외치는 소리.
"봄 온다. 봄이 와. 이젠 됐다. 다 되었어."

봄꽃 생각

봄이 오면 꽃이 피고, 산이 노랗게 바뀌리
봄에 필 그 꽃, 누구도 한 번 만나지 못한 꽃
꽃 필 자리 알고 있지만, 그 꽃의 이름 아는 이 없으리

산이 노랗게 변하면 꽃 피어서 흔들리는 것이리
새 봄에 필 꽃.
작년 봄 잡은 손 놓고 돌아서 걸어가던 꽃.

꽃 필 자리 찾아가면 말끄러미 쳐다볼
봄꽃의 눈들을 만나겠지.
봄이 오면 새로 필 그 꽃,
새 봄에만 새로 필 꽃.

해설

'무서움=일상'의 고전성 '회복=전복'

김정환

내게 김연신은 두 가지 종류의 신화다. 한 가지는 내가 정신 연령이 문청의 평균은커녕 대학생 평균에도 못 미쳤을 때, 그는 이미 전설적인 시인으로, 안암동의 고려대생임에도 불구하고 동숭동의 서울 문리대까지 문명(文名)을 날려 보냈을 뿐 아니라, '글 쓰는' 문학에 문외한이었던 내 귀청을 때렸다는 것이다. 그리고 다른 한 가지는 내가 문학 동네에서 겨우 눈칫밥이나 면했을 즈음 한숨 돌리듯 그의 소식을 수소문하니 그는 명망의 내용과 방법을 180도 바꾸어, 대우조선에서 근무하면서 전 세계에서 선박을 가장 많이 팔아먹은 조선업계의 거물로 각인되어 있더라는 것이다. 교보문고에 근무하는 등 문학과 좀더 어울리는 직장을 다녀서 낯익어질 만했는데, 최근에 소식을 들으니까 선박업계로 귀환, '한국선박운용'이라는 어마어마한 영업 단체의 CEO를 맡았다니 신화가 복원될 뿐 아니라 배가된

셈이다. 그리고, 시는? 더 놀랍다.

> 나는 이 책이 〔……〕 무섭다. 내 몸속에서 나온 것들끼리 여기저기 모여서 웅성거리고 있는 것이 무섭고, 그들의 치켜뜬 눈이 당신을 쳐다보기 시작하는 것이 무섭다.
>
> —「시인의 말」 부분

이 무서움은, 쑥스러움이 아니고, 겸손도 아니다. 그는 첫 시 「어두운 공책」부터 고전을 곧장 겨냥하고, 고전의 고전적 특성인 '일상=무서움'을 곧장 겨냥하고, 그 겨냥에 고전적 품격을 부여한다.

첫째 아이가 부르는 노래는 어려웠다.

"담장 뒤에 숨어 있는 너는 누구냐
걸어서 집에 가니 나는 여기에

담장 세워 못 보게 한 너는 누구냐
보이는 모든 것이 눈에 가득히

뒤돌아보지 마 뒤돌아보지 마라
작은 목수 뛰어나와 풍경 바꾼다"

—「어두운 공책」 부분

이 시 앞에서 이상의 「오감도」는 (공포가 아니라) 엄살이 심한 시편으로 맥없이 전락한다. 왜냐하면 「어두운 공책」

은 벌써 더 동요화(童謠化)하면서 일상화하고 공포가 심화한다. 동요의 잔학성을 20세기의 야만과 동일시했던 바르토크의 음악처럼. 그리고 "둘째 아이가 부르는 노래는 우"습고, "셋째 아이가 부르는 노래는 작게 들"리고, "힘이 없"지만, 키가 크고 울면서 노래하는 넷째 아이를 지나 "흉폭"한 다섯째 아이는 음악이 엄하고, 종교적인 동시에 리드미컬한, T.S. 엘리엇의 「황무지」 이후에 달한다. 동시에, 희망 자체가 전복된다.

"검은 돛을 단 배는 왜 아직 오지 않는가
언덕에 서서 오늘도 항구를 본다.
누가 있어 바다에 배가 없다고 말해줄 것인가

가자, 가서 우리가 그곳에서
빼앗긴 모든 것을 되돌려받자

불을 뚫고, 물을 건너서" —「어두운 공책」 부분

도대체 이자가 배 장사는 어찌하려고 이러나? 그러나, 그건 걱정할 일이 없다. 음풍농월에 가까운 가난타령 자연타령 세태타령과 시를 혼동한다면 모를까 난해한 현대성의 '응축=구조화'로 본다면 그는 도무지 불리할 것이 없다. 발달한, 아니 '만개 이후,' '미망의' 자본주의만큼 절망적으로 오묘한 것이 또 어디 있겠는가. 먹고살려면 자본주의 규율을 무시할 수 없고, 그 점이 우리를 절망케 하고, 무시하느니 차라리 말아먹을 생각을 해보다가, 그 점이 예술가를 더 절망케 하고, 그러나 현대 문학은 그 절망을 '검은 희망'으로 심화한다. 아니, 문학은 절망으로써 희망한다. T.S. 엘리엇은 은행원이었고, 카프카는 평범한 스포츠를 즐겼다. 그리고 윌리스 스티븐스는 재벌 회장이었다.

어쨌거나 이 정도의 고전적인, '무게=형식'의 아름다움으로, 시집의 서시는 끝났다. 1부 '좋은 날은 아직 많이'는 전략이 차분하면서도 집요하다. 부러 건성건성한 듯한, 그러나 분명, 비틀거리는, 비틀거림의 '계단'이 분명한 시 세 편을 지나고 네번째 시 「더러운 물 위로 솟아오른 형체」라는, 밋밋함과 심상찮음이 묘한 균형을 이루는 제목의 시의, 1연의, 밋밋함 쪽으로 완연 기운 비 개인 후 개천 풍경(화)을 또 지나고 2연을 시작하는, 아니 반복하는, '아직도'와 '또'라는 부사가 완연 두드러지는 두 행을 마지막으로 지나면 우리는 이런 대목에 이르게 된다.

> 구두 신은 발이 흔들리며 올라오더니 바지 끝동이 보이고 무릎까지 보였다. 빠르게 흘러가는 검누런 물속으로 옷 입고 잠수해 들어가는 사나이가 물 위에 남긴 다리를 보는 것 같았다.
>
> —「더러운 물 위로 솟아오른 형체」 부분

흐름상으로는 그냥 내리닫이였으므로, 풍경화 속에 풍경화였으므로, 우리는 아주 애매한 고통을 느끼게 된다. 그리고 이 고통은, 신비천지간일상색(神秘天地間日常色, 신비란 하늘과 땅 사이 일상의 색이다)이라고 외치지 않는 한, 애매할수록 고통스럽다. 아니, 외침 자체도 고요화해야 한다. 시인은, 역시 내리닫이로, 환상을 현실화한다. 그러나 그 충격적인 현실이, 충격 그 자체로, 죽음 혹은 시체의 음탕함 그 자체로, 내리닫이로 담아내는 것은, 역시, '신비천지간일상색'이다.

> 종아리 아래였던 것들은 흔들리다가 빙빙 돌았다. 물속에서 물구나무선 사나이가 몸을 돌리고 있는 것처럼.
> 흔들거리던 구두가 위로 울컥 올라왔다. 검은 바지와 벨트가 보이더니, 낡은 가죽 잠바의 등이 보였다. 잠시 배구공만 한 둥근 물건이 보이고 철퍼덕 온몸의 형체가 물과 부딪쳤다. 뒤집어진 채 떠내려가기 시작했다. 물은 드디어 검은색으로 변했다.
> —「더러운 물 위로 솟아오른 형체」 부분

그 뒤로, 당연히, '일상=풍경화'가 이어진다. 그러나 검다. 당연하다는 듯이, 원래 그랬다는 듯이. 이어지는 시는 같은 주제의 반복이면서 검음이 화려해진다, 그리고, 「아파트 뒤켠에서 흘러가던 내 친구」는 자살했지만, 시는 산 자에 대한 눈물의 진혼곡이고, 1부 마지막 「가을꽃」은 "멀리서 부질없는 글로 같이 우는 사람 그림자"로 끝난다. 진혼곡의 마무리인 동시에, 2부 '花鳥圖'의 주된 전략인 의고풍(擬古風)의 시작이다.

고전의 장난화, 다시 장난의 고전화 혹은 현대화, 현대적 리듬을 통한 의고성의 전복…… 2부 '花鳥圖'는 그런 과정으로 읽힐 수 있을 것이다. 「입국이유서」는 '유붕자원방래(有朋自遠方來)'의 의고풍이며 「아현동 686번지 부근」은 의고의 의고로서 예의 그 애매한, 애매성의 고통을 자아낸다. 마지막 연 혹은 행이 그렇다. "창밖으로 그 집 옥상을 내려다보며 그 오누이 개가 절대로 헤어지지 말고 오래오래 같이 살다가 같은 날 별이 되기를 빌었다." 그러나 이만 한 시인이 '예의'에 머물 리 없다. 「花鳥圖—그려넣기」는 (아마도 김수영 만년「꽃」연작의) 장난을 장난하다가 ("붉은빛이 조금 덜 나게. 웃음소리를 많이 넣고, 울음은 두 방울만. 햇빛은 머리 뒤로. 나비보다 벌. 암술이 안 보이게 수술은 머리만 조금." 그런데, 벌써 이상하군, 김수영의 '꽃'은 '음악'인데, 이 작자는, '그림' 아닌가!), 이런 '정지=고전'의 미학에 달한다.

> 절망의 속에는 어떤 형체도 없으므로 말에서 빛이 생긴다.
>
> —「花鳥圖—그려넣기」 부분

그리고 이어지는 「花鳥圖—우물가」는 정말 무서움의 '고전=장난'적 변주다.

> 여기 이 꽃.
> 내 이마 앞에 피어
> 있다가 뒷걸음으로 멀어져가는,
> 기다림,
> 눈부시고
>
> 저기 저 꽃,
> 발아래 피어서
> 꽃잎 떨어져,
> 깊은 우물,

무섭다.

하얀 새 한 마리

엎어놓은 바가지 옆에서
포르르
날아간다.

—「花鳥圖—우물가」 전문

이 고전주의에, 눈물은 어떻게 되는가? 이어지는 시에 이런 구절이 있다. "붉은 꽃잎이 펼쳐지고 겹쳐진 위에 옆에 또 꽃잎이 피어서 무슨 덩어리로 굳어진 눈물을 보는 것 같다. (어떤 눈물은 분홍빛이 나더라만.)" (「花鳥圖—작약꽃 핀 모양」 부분) 그러나, 그 눈물은 "종이가 다 젖"게 만든 눈물이다(「花鳥圖—젖은 종이」). 그러나, 그리고 '고전'은 끝내 '공(空)'으로 된다.

벽지 위로 시간이 회색 모래를 뿌리며 지나간 듯 컴컴한 가운데 홀로
또렷하게 밝은 네모난 공간
있어 물어보니 꽃그림 걸려 있던 자리라고 하네.

—「꽃 핀 그림 걸려 있던 회색 벽」 부분

이 공(空)은, 과연 시간의 사막처럼, 장엄과 파란만장 그 자체로 단아하다. 그는 "잔인한, 참혹한"이라는 형용사를 끝내 추가하고 있지만. 그리고 그 경지 속에서 어떤 일이

벌어지는가? '허공'이 "금속성 소리를 만"드는(「花鳥圖— 그림의 끝」) 반면, "그가 화를 내는 것을 보니 나도 함부로 화가"(「畵工과 더불어」) 나는 매우 심란한 정황도 지극히 고요한 풍경화로 되고 그 과정의 블랙홀이 마구 내뿜은 거대한 흡수의 에너지조차 풍경화의 고요의 깊이를 심화할 뿐이고, 다음의 시에서처럼 '일상=소란'이 고스란히 고전적 단아함의 내용이자 형식으로 되는, '찰나=영원'의 기적이 가능해진다. 고전주의 시작법 자체의 시화(詩化)라 할 만하다. 다음은 「차가 막힌다고 함은」, 전문이다.

> 차가 막힌다고 함은, 도로에 차가 많아서, 아니다, 도로의 수용 능력보다 차의 대수가 많아서, 아니다, 도로의 표면적보다 차의 표면적이 많아서, 이제는 분명하다, 일정한 구간에서 차들의 표면적의 합이 도로의 표면적의 합에 가까이 도달하여, 더욱 분명해진다, 차들의 표면적의 합과 차가 원활하게 움직일 수 있는 필수 여유공간의 합이 도로의 표면적의 합을 초과할 때를 말하는 것이다. 그러나,
>
> 사랑하는 이여, 내가 너를 사랑한다고 말할 때에 그것은 내가 너를 사랑한다는 말이다.
>
> —「차가 막힌다고 함은」

마지막 행은, 공의 에너지를 무한 발산하는, 그러나 종이의 2차원 평면에 가깝지 않은가. 그리고 낭만주의를 무기 삼아 낭만주의를 극복하는, 절묘한 전략의 구사이기도 하다. 이 상태를 유지하면서, 아니 이런 상태의 실험실 속

에서, 「저녁 개울가에서」「씨앗을 구하러 다니다」「겨울 산」「물 흐를 자리에」는 의고풍을 더욱 심화하면서 전복한다. 그리고 급기야, 시인은 과거 역사 혹은 이미 이루어진 문학—문화 현실과 의사소통을 시작한다. 아이러니는 깊고 깊다. "역군들이 배가 고파 人糞을 먹었다"는 「고려 삼별초의 대몽항쟁」 논문을 길게 인용하면서 그는 이렇게 쓰고 있다. "먼 옛날 제주 이야기를 오늘에 되살려도 꼭/꽃 이야기 사랑 이야기 섞어서 버무려놓는 시인이/팔백 년 뒤에 태어났다는 이 흉측한 소문이 사실인가?"(「함박꽃 피어서 화창한」 부분) 『삼국유사』, 유치환의 시 「戰線에서」, 심지어 '인천에 있는 슬픈 성냥 공장'이라는, 음탕이 악명 높은 노래 가사와 그의 시가 몸을 섞지만, 시의 심연은 역시 고요하다. 형용사는 물론 동사와 부사까지 명사로 느껴질 정도로. 다시 전문이다.

바위산, 보랏빛.
해 질 녘 붉은 빛.
그림자 없다.
산새 한 마리 이제야 높이 날아 집 찾아간다.
일찍 뜬 별빛 받아 키 큰 꽃 환하다,
혼자 부르는 노래 목에서 나직하게 흘러나온다.

풍경 속에서 웅크리고 잔다.
높은 나무 한 그루 꿈같이 흔들린다.

—「바위산, 보랏빛」

그러고 보면, 방점은 물론, 쉼표조차, 원래 의미 그대로, 휴식의 명사 같지 않은가. 고전주의는 자본주의가, 진보적이었을 당시, 이룩한 최고의 업적 아닐까, 그런 생각이 들게 하는 장면이다. 사회주의가 혁명의 열기를 낭만주의와 혼동함으로써, 승계하지 못했던 진보성.

3부 '시인, 시인들'은 "나무들이 일렬로 서서 걸어왔다/가지를 ㄱ 字로 만들더니 손을 잡았다/손바닥에 ㄱ이라고 새겨지더니/사라졌다"(「가지마다 글자들이 빨간 열매같이」 부분)는, 문학의, 아니 문자의 제의화로 바탕을 깔더니 매월당 김시습 「시인과 이야기하며」, 서정주 「동천」, 이상 「거울」, 가곡 「봄이 오면」의 가사, 이성복 「높은 나무 흰 꽃들은 燈을 세우고 12」, 서정주 「春香 遺文—春香의 말參」, 조지훈 「女人」, 박두진 「장미 IV」, 박시춘 작곡 손로원 작사 백설희 노래 「봄날은 간다」의 가사, 이경미 작사 한경애 노래 「옛 시인의 노래」의 가사 등과 몸을 섞는다. 마구, 열렬하게, 그리고 이번에는 낭만주의적으로. 나는 이 '낭만주의'가 다소 거추장스럽고, 어지럽고, 유감스럽다. 그러나, 다음과 같은 대목.

> 검은 천장 속에서 회색빛 말 그림자 같은 것이 튀어나와 방안을 돌아다닌다.
>
> "시간이신지?"
>
> 하고 물어보았다. 대답 없이 자기들끼리 낄낄거리며 돌아다닌다.
>
> —「꿈속의 푸른 말」 부분

바로 이 대목을 더 고요롭게 하기 위해 시들은 그리 달

떠 있는 것 아닐까?

4부 '강화도를 보며'는 섞임과 어지러움이 더 파격적이다. 그러나, 다시, 다음과 같은 대목.

> 추워하는 것들 위로 햇빛이 또 비친다. 덜덜 떨면서 제 몸 위에 꽂힌 무자비한 것을 뽑아내어 공손하게 돌려준다.
>
> —「부서진 칼날 같은 햇빛이」 부분

바로 이 대목을 위해 시들은 그랬던 것 아닐까? '무서움=일상'의 고전성 '회복=전복'. 바로 이 대목을 위해 나는 또 그의 시들을 따라오며 몸을 섞고, 그의 전략을 따라 각주를 달았던 셈이다. ▨